UNE HISTOIRE SOMBRE... TRÈS SOMBRE

Ruth Brown
Gallimard

**Il était une fois
un pays sombre, très sombre.**

**Dans ce pays,
il y avait un bois sombre,
très sombre.**

**Dans ce bois,
il y avait un château sombre,
très sombre.**

Devant ce château,
il y avait une porte sombre,
très sombre.

**Derrière cette porte,
il y avait une salle sombre,
très sombre.**

Dans cette salle,
il y avait un escalier sombre,
très sombre.

En haut de cet escalier,
il y avait un couloir sombre,
très sombre.

Dans ce couloir,
il y avait un rideau sombre,
très sombre.

Derrière ce rideau,
il y avait une chambre sombre,
très sombre.

Dans cette chambre,
il y avait une armoire sombre,
très sombre.

Dans cette armoire,

il y avait un coin sombre,
très sombre.

Dans ce coin,
il y avait une boîte sombre,
très sombre.

Et dans cette boîte, il y avait...
UNE SOURIS !